David Wiechert

Die Wände des Grauens

Eine Kurzgeschichte

1. Auflage

Autor / Illustration: **David Wiechert**

weitere Mitwirkende: **Thomas Wiechert**

Herstellung und Verlag:

BoD – Books on Demand, Norderstedt

ISBN: 978-3-7534-9850-8

Die Inspektion war erfolglos verlaufen. Man hatte Joffrey Claymonth tot in seinem Haus aufgefunden und keine Todesursache feststellen können. Der hagere Mann hatte in einer Lache aus Blut gelegen. Die Wände waren ebenfalls von dem Blut schier durchtränkt und durchweicht gewesen.

Doch man musste kurzerhand später nach diesem abscheulichen Fund feststellen, dass das Blut keineswegs Joffreys war, zumal seine Leiche nur einige Prellungen und Schürfwunden aufwies.

In seiner Hand hatte er jedoch ein sonderbares kleines, in braunen Samt gebundenes Notizbuch gehalten.

Als der Arzt Morth ihm das Buch entnommen hatte, hatte er einiges an unerwarteter Kraft aufwenden müssen, da die Hand des Toten immer noch stark verkrampft gewesen war, als wolle er selbst nach seinem Tod das Geheimnis beschützen, das zu seinem unwillkürlichen Todesurteil geführt hatte.

Als die Beamten bereits mit Proben des Blutes und dem leblosen Kadaver fortgegangen waren, setzte sich Morth in der Stille der Abenddämmerung auf einen Sessel, nahe der weißen Linien, die die ursprüngliche Lage der Leiche symbolisierten.

Es wurde dem Arzt schon bald furchtbar zumute und er hielt es kaum mehr aus dort in dem Sessel zu verweilen und ruhig zu bleiben.

Die folgenden Seiten, die Joffrey in stetig wachsender Eile und immer knapperen Abständen niedergeschrieben hatte, übten eine zunehmende Bedrückung auf das düstere Gebäude und seine Umgebung aus und einiges an Verwunderung über den seltsamen Verstorbenen.

Joffrey schrieb also:

19. August. 1897

Aufgrund des Hanges zum Übernatürlichen und Fantastischen habe ich mir vor einigen Wochen dieses alte Haus in der Newbourry Street gekauft.

Vor allem nachts gab mir dessen düstere Atmosphäre eine beschwingende Stimmung für Motive, welche ich zu malen sonst nicht befähigt gewesen wäre. Jedoch war mir auch etwas unwohl, wenn ich des Nachts die sperrigen ausladenden Äste der knorrigen Bäume an den Fenstern und Fensterläden des Anwesens schaben hörte und die Weiden ihr meist unruhiges Treiben wogend im Wind begannen. Sie heulten dann schon fast nach einer längeren Zeit des Hinhörens. Obschon ich einer wahnsinnigen und fantastischen Neugierde begabt bin, oblag es meinen physischen Kräften nie, mich zu Nachte in den Keller zu geleiten. Meist hörte ich dort nämlich ein leises Heulen, das wahrscheinlich von dem Wind hervorgerufen wurde, der dort durch das steinerne Gemäuer und die Lücken in Türen und Schächten pfiff und solch ominöse Laute fabrizierte.

Zutage jedoch hatte ich ein solches Wimmern und Heulen noch nicht wahrgenommen.

Selbst als ich dort hinabgestiegen war, ist mir nichts Ungewöhnlicheres, als die einzelnen Zellen aufgefallen, die dort wie in einem Gefängnis aneinandergereiht in einen Gang verlaufen, der auf geradem Wege durch den Keller führt.

21. August. 1897

Ich bin mir nicht mehr so recht sicher, ob das Heulen aus dem Keller nachts schleichend zunimmt. Ich glaube allmählich, dass dieses Haus nicht ohne Grund eine solche Düsternis ausstrahlt.

Heute ist zudem etwas passiert, dass meinen Vermutungen, dass etwas hier nicht in Ordnung sei, nur noch beipflichtete. Als ich mein Atelier nach draußen verlagerte und dort in den Weiden unter der Sonne gemalt hatte, war ein Bauer von einem Feld auf der anderen Seite der Straße herübergekommen und hatte mich aus starrenden Augen misstrauisch beäugt.

Als ich ihn bemerkt hatte, stapfte er in seinen langen Stiefeln zu mir herüber, entschuldigte sich kurzerhand für seine Aufdringlichkeit und fragte mich dann, ob ich wohl der neue Besitzer des Hauses sei. Er meinte es wäre seltsam, dass diesem Hause in all den Jahren des Verfalls ein neuer Besitzer anheim gegeben würde. Er behauptete merkwürdig stockend und offenbar etwas unwohl dabei, dass die Besitzer dem Haus übergeben würden und dieses dann mit Belieben über seinen neuen Besitzer zu urteilen vermochte. Gill, so hieß der langgewachsene alte Mann mit den glasigen Augen, drehte mir schon bald den Rücken zu, ohne mir die vielen Fragen über diese irrwitzige Bemerkung des Hauses zu beantworten und entschwand dann meinem Sichtfeld, als er gemächlich die andere Seite eines Hügels hinabtrottete.

Offenbar hatte der alte Gill keinerlei Fragen an mich gehabt und sich auch nicht für meine Gründe hier wohnen zu wollen interessiert.

22. August. 1897

Endlich habe ich mein Gemälde fertig gestellt. Es zeigt einen hundeähnlichen Dämon, der lauernd in den bleichen Weiden hockt und mit gleißendem Mondlicht umspült wird, das aus dem glotzenden vollen Mond in der dunklen Nacht hervortritt.

Das zerzauste Haar und der hinterlistige Blick des Wesens lassen es in einer wilden und ominösen Aura erscheinen.

Außerdem hatte ich im Hintergrund noch jenes Haus angebracht, das wie ein zyklopischer Monolith in unmittelbarer Nähe aus der Schwärze der Nacht aufragt.

Obgleich es mein eigenes Werk war, schauderte ich doch ein wenig, als ich es aufgehängt hatte und es mich zu Nachte aus quellend hervorstechenden Augen zu mustern schien.

Mittlerweile war das Kreischen des Windes im Keller bereits merkbar lauter geworden und glich hörbar den pfeifenden Lauten des Windes. Doch beunruhigte mich darin immer noch etwas gewaltig. Ab und an wurden die Pfeiflaute tiefer und überraschten mich in ihrer Tonlage kalt und schauderhaft. Sie nahmen dann etwas von einem Wolfsgeheul in Verbindung einer menschlichen Stimme an, die beide zur selben Zeit tiefer und wieder heller wurden.

Dem werde ich vielleicht bald nachgehen, doch zunächst werde ich am Tage alle offenen Ritzen im Zement abdichten und dafür sorgen, dass dort kein Luftzug mehr eindringt.

23. August. 1897

Ich bin dem Erwähnten nach-gegangen und habe alles in diesem unterirdischen Gemäuer abgedichtet.

Nun schreibe ich zum ersten Mal nachts in völliger Stille. Doch beunruhigt mich nun etwas anderes, das meine kreative Ader zuweilen ausbremst.

Die Wände scheinen nunmehr näher zu rücken und ich erschaudere, wenn ich von meinen Notizen aufsehe und die tapezierten Wände verschwommen in der Dunkelheit sehe.

Da die Beleuchtung keine Funktion mehr aufweist, habe ich lediglich das Licht meiner kleinen Nachttischlampe für diese Nacht.

Gerade starre ich wie gebannt auf die Tür zum Keller, da diese ebenfalls näher zu rücken scheint.

Nun höre ich auch ein schwaches keuchendes Atmen und Schnaufen, hoffe, dass das mein eigener schwerer Atem war.

25. August. 1897

Ich sitze jetzt schon die ganze Nacht vor der Tür und es dämmert bereits. Doch ist es noch zu dunkel, um mich dort nach unten zu wagen.

Mittlerweile hat ein leises ghuolishes Pochen eingesetzt, dass trotz seiner gedämpften Gedrungenheit sehr stark zu sein scheint.

Ich höre es nun ganz deutlich. Da unten ist etwas! Ich bilde mir das trotz meiner Müdigkeit und schlaftrunkenen Erschöpfung, die mich einhüllen, nicht nur ein.

Der Türrahmen wackelt bereits ein wenig und die Wand um den Türrahmen beginnt etwas ab-zubröckeln.

Ja, sie niest die Staubkörnchen schier aus, die sich nun in der abgestandenen Luft angereichert haben.

Nun hat eine der Wände bedrohlich gewackelt und als ich hinauslaufen wollte, um dem Schrecken zu entfliehen, haben die Staubkörnchen scharf meine Atemwege durchschnitten. Diese Tatsache bestätigt, dass sie tatsächlich da sind und nicht nur ein bloßes Konstrukt meiner Fantasie, hervorgerufen durch die Müdigkeit.

Als ich an der Haustür angelangt gewesen war, ging diese nicht auf. Nun denke ich daran, was der alte Gill zu diesem Haus gemeint hatte. Es konnte über seinen Besitzer bestimmen und wollte seine Beute nun nicht mehr freigeben.

Natürlich hätte ich eines der Fenster einschlagen können, doch auf einmal hat ein schreckliches Willensgefühl von mir Besitz ergriffen. Es zieht mich in den Keller zu jenen Abscheulichkeiten, die mich dort unten schon so sehnlich erwarten. Unsichtbare Hände greifen nach mir und wollen, dass meine Neugierde obsiegt und ich dem endlich auf den Grund gehe.

Dies wird wohlmöglich mein letzter Eintrag sein.

Ich will, dass dies als Beweis beigelegt wird, wenn ich womöglich schon bald verstorben bin.

Obgleich es nicht sonderlich viel zu sein vermag, bezeugt dies doch, dass ich im Besitz meiner geistigen Kräfte war und dies hier wahrhaftig erlebt habe.

Nun muss ich gehen und mich meinem Entdeckungsdrang hingeben.

26. August. 1897

Als ich gestern dort hinabgestiegen bin, war ich der festen Überzeugung eines frühzeitigen Todes gewesen, doch war ich dem noch in letzter Sekunde entronnen.

Als ich den Gang entlang lief, in die Richtung, aus der leise Geräusche zu vernehmen waren, hatte dort, wo zu Tage eine steinerne Wand war, ein schemenhaftes Gewölbe angesetzt.

Zunächst hatte ich dies nur für einen Effekt der Dunkelheit und meiner Müdigkeit gehalten, doch dann betrat ich tatsächlich einen großen Raum, in dessen Wände einige Fässer angereiht waren.

Anfangs schien dies ein lebloser modriger Ort zu sein, doch dann bekannte ich mich zu der Tatsache, dass es dem menschlichen Auge nicht obliegt im Dunklen zu sehen und irgendwo eine Lichtquelle sein müsse.

Als ich geradeaus weiterging, sah ich dort einen weiteren schmalen Durchgang zwischen einigen Fässern.

An dessen Ende glomm ein fahler Lichtschein, der einen steinernen

Treppengang beleuchtete, welcher in die Tiefe hinabführte.

Die Geräusche wurden dann schließlich auch stetig lauter und jagten mir einen solchen Schauder ein, dass ich mich nun wundere, überhaupt weitergegangen zu sein.

Als ich dann jedoch an dem Eingang zu dem Raum angelangt war, aus dem das Licht und die Geräusche an meine Sinne gedrungen waren, wich meine Entschlossenheit purem Entsetzen, das sich fiebrig über meinen ganzen Körper ausgebreitet hatte und mich schleunigst veranlagt hatte, durch die Treppen und die Gänge zurück zu der kleinen Tür zu eilen und sie abzuriegeln.

Ich nahm einige Nägel und Bretter. Dann begann ich die Tür so zu vernageln, dass kein lebendes Geschöpf mehr nach dort unten in diese Hölle einzudringen ver-mochte.

Ich vermag nicht einmal zu sagen, was ich genau gesehen hatte, doch versuche ich mein spärliches Wissen darüber trotzdem auf Papier festzuhalten, bevor meine Erinnerungen weiter verblassen.

Dort in den Abgründen des unbeschreiblichen Pandämoniums hatte dem Anschein nach ein Ritus stattgefunden, der jedoch dem normalen terrestrischen Verstand nicht bekannt ist.

Zweifellos waren diese stillen Silhouetten, die dort standen allesamt aus dem tiefsten Abgrund aller Höllen heraufgefahren. Es waren einige Wesen, die dem Körperbau großer Männer gleichzukommen vermochten.

Zu meinem Entsetzen hatten sie jedoch Gesichter, die an aufeinandergeschichteten flüssigen Zement erinnerte.

Aus den Ärmeln ihrer langen Roben quollen scheußliche Tentakel hervor, die hektisch, im Gegensatz zu ihren ruhigen Körpergesten, die Umgebung abtasteten und an wuchernde Schlangen erinnerte, die allesamt zusammenwuchsen.

Das Schlimmste jedoch war das Gewürm, das die Wesen in ihren Armen hielten und das da wie riesige Maden im Dunkel kreischte und seine Nahrung verlangte.

Blitzschnell begriff ich, dass ich diesen Wesen geopfert werden sollte.

Als eines der Würmer mit klackenden Zähnen in seiner runden Maulöffnung zu mir herübersah, rannte ich wie ein Wahnsinniger los und schaffte es diesen Dämonen zu entfliehen.

Sie riefen mir seltsame Worte in einer mir unbekannten Sprache hinterher.

Ich verstand „AGGOTHA-EREM", „RUßE´" und „REGENT HEA",

zwischen einigen gemurmelten Sätzen, die schlussendlich wütend von unten nur mehr herauf gefaucht wurden.

Mit diesem Wissen werden mich diese Mächte sicherlich nicht mehr weiterleben lassen.

Das ist auch der Grund, weshalb ich das Haus heute noch immer nicht verlassen konnte.

Denn ich hatte Fenster wie gleichermaßen Türen aus ihren Rahmen gebrochen und hatte vergebens versucht daraus zu entkommen. Als ich hinausblickte war dort ein blutiger Kreis schwach in den Rasen um mein Haus gezogen, der offenbar von diesen Kreaturen als Barriere erschaffen wurde, um mich von der Flucht abzuhalten.

Die Wände scheinen ebenfalls immer näher zu kommen. Ich hatte etwas gesehen, das ich nicht hätte sehen sollen und werde nun dafür bestraft!

Es ist nun etwas Unfassbares geschehen. Als ich die Treppen nach unten herabstieg und auf eine leere Wand blickte, bemerkte ich, dass dort einst die Tür zu den unterirdischen Gewölben ein-gelassen war, nun aber kein Vorhandensein mehr aufweist.

Die letzten Worte wurden später etwas unleserlich und verworren hinzugeschrieben.

Ich habe beschlossen mein Gehen zu bekennen und mich zu opfern. Ja, AKALEESH weiß es!

Der Herr der Höllen und der baldige Herrscher des bekannten Universums sieht alles. Darum werde ich ihm nun nachgeben und mir einen Platz in den Reihen der Abtrünnigen suchen, die einst kommen werden, um zu nehmen, was sie geschaffen haben......

Angewidert steckte Morth das kleine Buch in seine Manteltasche und begab sich eilig zum Ausgang des Hauses.

Die Tür hing etwa einen halben Meter über dem Boden und konnte nun ganz einfach aufgedrückt werden. Der Arzt entschied, dass er jenes Wissen über diese blasphemischen Nachtmahre im Dunkeln und die grotesken Dämonen im Kellergemäuer zunächst nicht weitergeben würde.

Obgleich er anzweifelte, ob jemand überhaupt an diesen Obskurantismus glauben würde, an dessen Wahrheit der Arzt selber Zweifel hegte.

Jedoch würde das Verheimlichen der Geschichte wohl das Beste für die Menschheit sein, zumal sich Morth beim Verlassen des Gebäudes immer wieder vorstellte, wie sich unter seinen Füßen träge und grauenhaft jene langen Gemäuer auftaten und nach den Menschen an der Oberfläche griffen, sie in ihre langen Schlünde herabzogen, auf dass ihre Seelen selbst von Gott verschmäht wurden.

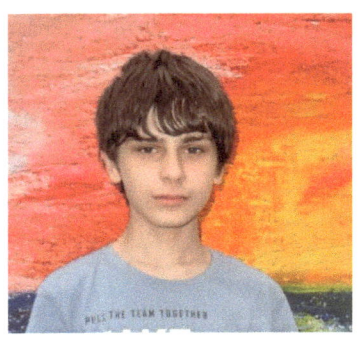

Der 15-jährige David Wiechert malt und zeichnet seit er 3 Jahre alt ist. Er hat schon mehrere Preise gewonnen, u.a. beim Jugendkunstwettbewerb 2017.

Er war bei diversen Ausstellungen und auf der letzten Comic-Messe in München mit einigen seiner Werke vertreten.

Mit dem Schreiben von Kurzgeschichten hat er ebenfalls bereits im Grundschulalter begonnen.

Ende 2018 wurde sein erster Abenteuerroman mit dem Titel „The Cat - Der Beginn" veröffentlicht. Anfang 2019 kam sein erster Comic-Roman mit dem Titel „Young Soldier- Tagebuch eines Helden" heraus und im Sommer sein erster Comic mit dem Titel „The Dark Reaper".

Derzeit gestaltet er noch neben dem Schreiben eigene Animationsfilme, u. a. hat er 2019 einen Werbefilm für die Webseite einer Stiftung entworfen.